Свинка Мила

Кейт ДиКамилло

Свинка МИЛА —

настоящая принцесса

Перевод с английского
Ольги Варшавер

Художник
Крис Ван Дусен

Москва
«Махаон»
2010

УДК 821.111(73)-3-93
ББК 84 (7Сое)
Д44

Kate DiCamillo

MERCY WATSON FIGHTS CRIME
Text © 2006 Kate DiCamillo
Illustrations © 2006 Chris Van Dusen

MERCY WATSON PRINCESS IN DISGUISE
Text © 2007 Kate DiCamillo
Illustrations © 2007 Chris Van Dusen

ДиКамилло К.
Д 44   Свинка Мила – настоящая принцесса / Пер. с англ. О. Варшавер. – М.: Махаон, 2010. – 144 с.: ил.

ISBN 978-5-389-00943-1 (рус.)
ISBN 978-0-7636-2590-0 (амер.)
ISBN 978-0-7636-3014-0 (амер.)

В книге известной американской писательницы Кейт ДиКамилло, награждённой
«Медалью Ньюбери» за особый вклад в детскую литературу, – продолжение весёлых
приключений нашей знакомой проказницы и шалуньи свинки Милы.

УДК 821.111(73)-3-93
ББК 84 (7Сое)

ISBN 978-5-389-00943-1 (рус.)
ISBN 978-0-7636-2590-0 (амер.)
ISBN 978-0-7636-3014-0 (амер.)

© Варшавер О. Перевод с английского, 2010
© ООО «Издательская Группа Аттикус», 2010
Machaon®

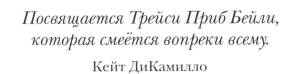

*Посвящается Трейси Приб Бейли,
которая смеётся вопреки всему.*

Кейт ДиКамилло

*Лорин и Саре,
двум очаровательным глупышкам.*

Крис Ван Дусен

Свинка Мила ловит преступника

Глава 1

У мистера и миссис Уотсон живёт свинка Мила.

И они каждый вечер поют свинке колыбельную. Потом они тоже идут спать, а на прощание говорят:

— Доброй ночи, дорогая. — Так говорит Миле мистер Уотсон.

— Спокойной ночи, лапушка. — Так говорит Миле миссис Уотсон.

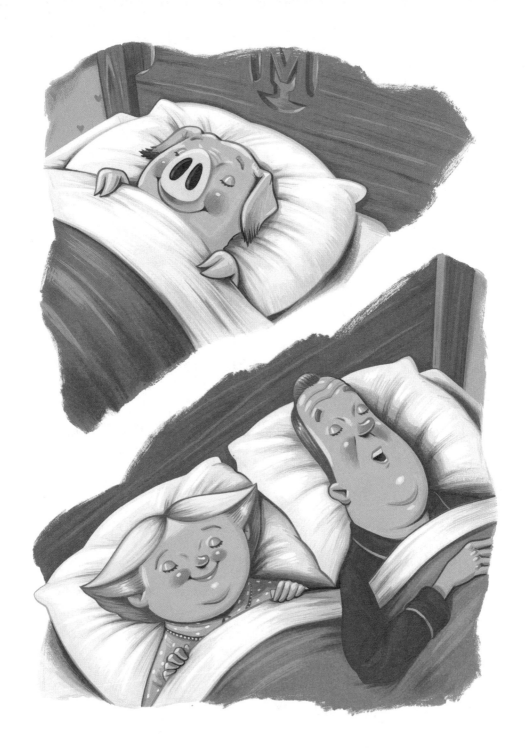

– Хрю, – отвечает им свинка.

Обычно по ночам мистер Уотсон, миссис Уотсон и Мила мирно спят.

Но однажды выспаться им не удалось.

Глава 2

Лерой Нинкер – маленький человечек.

Маленький человечек с большой мечтой.

Лерой Нинкер мечтает стать ковбоем.

Но пока он простой воришка.

И на кухню дома пятьдесят четыре по улице Декаву он прокрался, чтобы поживиться.

Он вздумал обокрасть Уотсонов.

– Ту-ру-ру-ту-ру-ру! – напевал Лерой. –
Всё к рукам я приберу!

Первым делом он схватил тостер.
И потянул к себе.

– ХРРРЗЗЗЗ, – заскрежетал металл по
столешнице.

– Тссс! – велел тостеру Лерой. И сунул его в мешок.

– ДЗИННННЬ! – звякнул тостер и провалился на дно.

– Тссс! – опасливо повторил Лерой.

Глава 3

Мила тут же проснулась.

Знакомый звук! ХРРРЗЗЗЗ говорит тостер, когда его тянут за шнур по столешнице.

А Мила обожает тостики!

Это такие горячие хлебцы, смазанные маслицем.

Мила выбралась из постели.

И навострила ушки.

Мила прислушалась.

Она услышала, как храпит во сне мистер Уотсон.

Она услышала, как сопит во сне миссис Уотсон.

Кто же тогда на кухне? Кто делает тостики?

Мила вышла на лестницу.

И вгляделась в темноту.

– ДЗИННННЬ! – звякнул тостер.

Обычно тостер говорит ДЗИННННЬ, когда миссис Уотсон его переворачивает, чтобы вытряхнуть крошки.

Та-а-ак. Кто-то всё-таки делает тосты!

Мила зацокала копытцами по тёмной-тёмной лестнице.

Скорей на кухню!

Глава 4

Лерой Нинкер засовывал в мешок всё подряд.

Часы.

Миксер.

Банку с конфетами.

– Ту-ра-им-ту-ра-им! – мурлыкал Лерой. – Станет это всё моим!

В мешок полетела соковыжималка.

Заварной чайник.

Вафельница.

Вдруг Лерой Нинкер услышал какой-то шум.

Он оглянулся.

– Тпру-ра-им... – протянул Лерой.

Глава 5

Мила по-хозяйски оглядела кухню.

Тостера нет.

Хлеба нет.

И масла тоже нет.

Зато на кухне стоит незнакомый человечек в большой шляпе.

Но тостиков он не делает.

Мила была крайне разочарована.

А ещё ей очень хотелось спать.

Она зевнула.

– Хоро-о-ошая хрюша! – сказал незнакомец и успокаивающе закивал.

Мила улеглась на пол.

Опять зевнула.

– Хоро-о-ошая хрюша! – повторил человечек.

Мила закрыла глаза.

– Ту-ра-рай-ту-ра-рай! – пел Лерой. – Поскорее засыпай!

Глава 6

— Ничего себе хрюшка! — шёпотом воскликнул Лерой. — Крупная!

Он сунул руку в карман.

Достал конфетку под названием «Масляный батончик».

Развернул фантик и положил батончик в рот.

Хмм, а не пора ли ковбою на просторы прерий?

Так подумал Лерой, взялся за свой мешок и направился к окну.

– Чёрт возьми!

Дорогу ему преграждала спящая свинья.

– Такую не обойдёшь, – сказал себе Лерой. – И снизу подлезть тоже не удастся. Похоже, придётся через неё перелезть.

Лерой занёс ногу и…

Свинья шевельнулась.

Лерой замер.

Глава 7

Мила проснулась.

– Хрю? – спросила она.

– Эй, поаккуратнее! – сказал незнакомый голос совсем близко.

Свинка скосила глаза и увидела, что маленький человечек сидит у неё на спине!

Мила вскочила.

– Спокойней, детка! – велел человечек.

Мила попыталась его стряхнуть.

Человечек съехал ей на шею.
– Не бузи, – посоветовал он.
И тут Мила что-то унюхала.
Чем это пахнет?
Маслом!

Мила оглядела кухню.

Ни хлеба.

Ни тостера.

Откуда же пахнет маслом?

Может, соседи пекут сахарное печеньице?

– Хрю! – решительно сказала Мила.

И галопом поскакала за порог.

К дому сестёр Линкольн.

– Ту-ра-ра-ту-ра-ра! – запел Лерой. – Едем прочь мы со двора!

И он лихо, по-ковбойски, свистнул.

Глава 8

Вспальне на втором этаже дома пятьдесят четыре по улице Декаву проснулась миссис Уотсон.

— Мистер Уотсон, ты спишь? — окликнула она мужа.

— М-м-м-м... — промычал он в ответ.

— Ты разве не слышал шум? — спросила миссис Уотсон.

— Какой шум? Кто шумел?

– Кто-то пел и свистел. Как ковбой.

– Нет, ковбоя я не слышал. Я вообще ничего не слышал. Тебе всё приснилось, дорогая.

– Приснилось? – Миссис Уотсон очень удивилась.

– Конечно, приснилось, милая, – уверил жену мистер Уотсон. – Давай спать дальше.

Миссис Уотсон встала.

– Пойду проверю, как там Милочка, – сказала она. – А потом вернусь и лягу спать.

– Превосходный план, просто превосходный, – сонно одобрил мистер Уотсон.

И захрапел.

Глава 9

Тем временем в доме Линкольнов проснулась младшая из сестёр, Крошка.

И кинулась в комнату к старшей.

– Сестрица, вставай скорее! – теребила она Евгению. – На улице кто-то поёт и свистит. По-ковбойски.

– Ты снова пирожков на ночь наелась? – проворчала Евгения.

– Ни одного!

– Нет, ты явно переела.

– Да не ела я ничего!

– Немедленно отправляйся спать! – велела Евгения.

– Хорошо, сестрица, – покорно согласилась Крошка.

Она поплелась в свою комнату.

Легла в постель.

И снова услышала *ту-ру-ру*, а следом – ковбойский посвист.

– Ох! Зачем я только ела эти пирожки... – прошептала Крошка.

Глава 10

– Крошка! – прогремел голос Евгении Линкольн. – Немедленно иди сюда!

Крошка выбралась из постели и пошла в комнату Евгении.

– Что, сестрица?

– Ты шум слышала? – требовательно спросила Евгения.

– Ту-ру-ру и свист?

– Именно.

– Слышала, – ответила Крошка. – Но ты сказала, что это из-за пирожков. Это сон.

– Глупости, – отрезала Евгения. – Открой занавески.

Крошка раздвинула занавески.

Точно заворожённые, сёстры Линкольн наблюдали, как по их двору галопом носится Мила.

На её спине сидел маленький человечек и, весело размахивая шляпой, кричал:

– Ту-ру-ру!

А потом отчаянно свистел.

– Эта свинья вечно нарушает общественный порядок! – заявила Евгения

Линкольн. – Да ещё ковбой на нашу голову! Я вызываю полицию.

– Ой, сестрица, так это не сон? – Крошка всплеснула руками. – Ты уверена?

– Уверена, – ответила Евгения. – Это кошмар. Причём наяву!

Глава 11

А в соседнем доме миссис Уотсон обнаружила, что Милы в кровати нет.

— Мистер Уотсон! — закричала она. — Сюда! Скорее!

Мистер Уотсон тут же прибежал на зов.

— Милочка исчезла, — сообщила ему миссис Уотсон.

— Ты везде проверила? — спросил мистер Уотсон. — Под кроватью смотрела?

Миссис Уотсон заглянула под кровать.

– Там её тоже нет, – ответила она.

Растерянные, стояли мистер и миссис Уотсон посреди комнаты.

– Что же делать? – спросила миссис Уотсон. – Где её искать?

– Снова этот надоедливый шум! – с досадой проговорила она.

Мистер Уотсон подошёл к окну.

Отодвинул занавеску и...

Выглянул на улицу.

– Миссис Уотсон! – воскликнул он. – Срочно звони спасателям! Ситуация чрезвычайная!

Глава 12

Hа самом деле ничего чрезвычайного не происходило. Просто мелкий воришка Лерой Нинкер катался верхом на свинке Миле.

Но воображение самого Лероя рисовало совсем иную картину: Дикий Запад, и ковбой Нинкер скачет по прерии на норовистом необъезженном жеребце.

– Тяжёлая, однако, работёнка у этих ковбоев, – сказал Лерой Нинкер. – Надо бы подкрепиться.

Он сунул руку в карман и нащупал там ещё одну конфетку.

Лерой умудрился развернуть фантик одной рукой.

И положил конфету в рот.

– М-м-м-м... – блаженно протянул Лерой. – Вот это жизнь!

Но тут свинья понеслась как бешеная.

Потом встала на дыбы.

Потом взбрыкнула.

Лерой не удержался.

– Тпру-ра... – успел пропеть он и полетел вверх тормашками.

– ...ра, – допел он в полёте.

А приземлившись на спину, сказал:

– Ой!

Глава 13

Мила принюхалась.

О! Снова этот чудный аромат!

Пахнет маслицем!

Но откуда?

Мила огляделась.

И увидела, что совсем рядом, на земле, лежит всё тот же человечек.

Она обнюхала его лицо.

– Хи-хи! Щекотно! – сказал он.

Она обнюхала его одежду.

– Хи-хи! – снова сказал он.

Чтобы искать маслице было удобнее, Мила взгромоздилась прямо на человечка и принялась нюхать дальше.

– Ох-хо-хо! – охнул Лерой. – Слезай!

Мила сунула пятачок ему в карман.

И радостно хрюкнула:

– Хрю! Хрю!

– Хо-хо! Хи-хи! – сказал человечек. – Щекотно. Помогите.

Мила нашла конфетку!

И разжевала её.

Прямо с бумажкой.

До чего сладкая!

До чего масляная!

– Хрюююю!

Взгромоздившись на воришку Лероя Нинкера, Мила уплетала конфетку.

И тут взвыла сирена.

– Эх! Я попался! – вздохнул Лерой.

Глава 14

Первыми прибыли спасатели на пожарной машине.

— Мы в этом доме уже бывали, — заметил спасатель по имени Нед.

— Верно, — отозвался его напарник Лоренцо. — Тут живёт наша знакомая свинка.

— И тут угощают тостиками, — добавил Нед. — Именно в этом доме.

– А свинья-то – вот она! – воскликнул Лоренцо.

И указал пальцем на жующую Милу.

– Она кого-то поймала!

– Этого ещё не хватало! – охнул Нед.

Спасатели выпрыгнули из пожарной машины.

И увидели, как от своего дома к свинке спешат мистер и миссис Уотсон.

А с другой стороны, от своего дома уже бежали сёстры Евгения и Крошка Линкольн.

– Занятная у нас всё-таки работа! – сказал Нед.

– Это точно, – согласился Лоренцо.

Глава 15

Полицейский Томильо затормозил возле дома пятьдесят четыре по улице Декаву.

Во дворе он увидел двух спасателей, трёх женщин в ночных рубашках и одного мужчину в пижаме.

Все они стояли вокруг свиньи.

– Это та свинья, которая превышает скорость и не пристёгивается? – спросил он сам себя.

– Без сомнения, – ответил он себе. – Та самая свинья. Кто же ещё?

Полицейский Томильо прищурился.

– Неужели она на ком-то сидит? – спросил он.

– Да, в самом деле, – ответил он сам себе. – Сидит.

– Полиция! Скорее! – крикнула Крошка Линкольн. – Милочка поймала вора!

Мистер и миссис Уотсон, Евгения и Крошка Линкольн, Нед с Лоренцо и сам полицейский Томильо смотрели на Милу.

– Вы – вор? – спросил полицейский у лежавшего под Милой человечка.

– Да, – прошептал Лерой Нинкер. – Я – вор.

– Вы пытались ограбить этих людей? – продолжил допрос полицейский Томильо.

– И ограбил бы, – ответил Лерой Нинкер. – Да хрюшка помешала.

– Джентльмены, – обратился полицейский к спасателям. – Помогите-ка мне снять с него свинью. РАЗ... ДВА...

На счёт ТРИ Нед, Лоренцо и полицейский Томильо подняли Милу и переложили её на травку.

– Вы арестованы, – сказал полицейский Лерою Нинкеру.

– Свинью тоже надо арестовать! – завопила Евгения Линкольн.

Лерой Нинкер смущённо мял в руках свою ковбойскую шляпу.

И глаз ни на кого не поднимал.

– Послушайте, дружочек, – обратилась к полицейскому миссис Уотсон. – Этот воришка такой маленький. Давайте я его сначала накормлю, а потом арестовывайте на здоровье.

– Может, он любит поджаренные хлебцы? – подсказал Нед.

– Ага, с маслом, – добавил Лоренцо.

– Тостики, что ли? – уточнил полицейский Томильо. – Вы хотите его угостить?

– Я хочу угостить всех! – объявила миссис Уотсон. – Все любят тостики.

– Даже ковбои! – обрадовался Лерой Нинкер.

Мила навострила уши.

Тостики! Горяченькие!

С маслицем!

Наконец-то!

Свинка со всех ног ринулась на кухню.

И все двинулись следом.

Глава 16

Наутро на первой странице местной газеты появился заголовок:

«Она – чудо-свинка!» – утверждает миссис Уотсон, хозяйка свиньи.

«Она у нас очень храбрая и отважная», – добавляет муж миссис Уотсон, хозяин свиньи.

«Она хитрющая! – говорит Евгения Линкольн, жительница соседнего дома. – С ней не соскучишься!»

Крошка Линкольн, младшая сестра Евгении, признаётся, что «всё самое интересное начинается, если перед сном поесть пирожков».

«Свинья действительно поймала вора, – заявляет полицейский Томильо. – Как это произошло? Ума не приложу. Но это факт».

Первыми на место преступления прибыли спасатели Нед Счастливчик и Лоренцо Ловкач. От них журналисты узнали, что миссис Уотсон готовит превосходные тостики.

Вор Лерой Нинкер говорит, что хочет стать честным человеком.

А точнее – ковбоем.

Сама свинья от комментариев воздержалась.

Но, судя по её виду, она вполне довольна собой.

Свинка Мила— настоящая принцесса

Глава 1

Уu мистера и миссис Уотсон живёт свинка Мила. Они все вместе живут в доме пятьдесят четыре по улице Декаву.

И вот одним октябрьским днём в голову миссис Уотсон пришла замечательная идея.

– Дорогой! – сказала миссис Уотсон.

– Что, любимая? – отозвался мистер Уотсон.

– Скоро Хэллоуин, – напомнила мужу миссис Уотсон.

– Да-да, славный праздник, – закивал мистер Уотсон.

– Думаю, надо соорудить Милочке маскарадный костюм, – предложила миссис Уотсон.

Мила приоткрыла один глаз.

– Мы её нарядим и отправим к соседям за угощением, – продолжила миссис Уотсон.

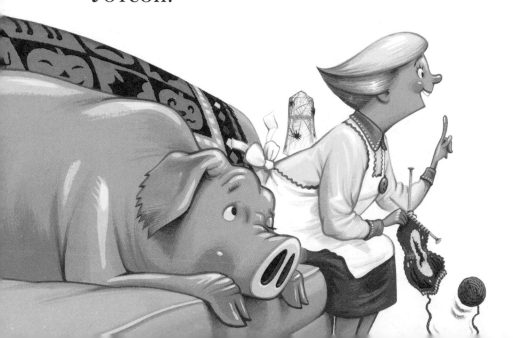

Тут уж Мила открыла оба глаза.

Ей очень понравилось слово «угощение».

– Ты права! – обрадовался мистер Уотсон. – Все дети клянчат угощение на Хэллоуин! А если кто не даст, над ним могут
и подшутить! Но как нарядить Милу?

Глава 2

—Mожет, пусть будет призраком? – предложил мистер Уотсон.

– Думаю, не стоит, – ответила миссис Уотсон.

– Тогда тыквой, – сказал мистер Уотсон.

– Она заслуживает лучшего! – возразила миссис Уотсон.

– Пиратом?

– Роботом?

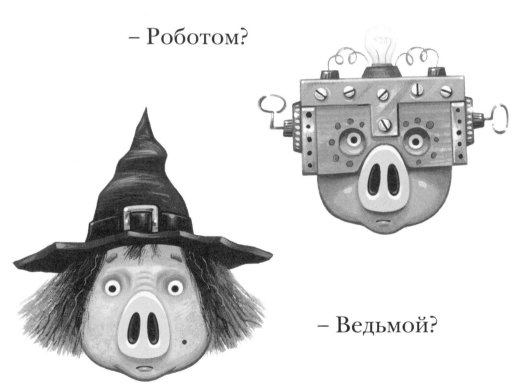

– Ведьмой?

– Нет. Нет. Нет, – отвечала миссис Уотсон.

Мила вздохнула.

Закрыла глаза.

И уснула.

– Ну и кем, по-твоему? – спросил мистер Уотсон. – Кем её нарядить?

– Знаю! – воскликнула миссис Уотсон. – Конечно же принцессой!

– И как я сам не додумался! – подхватил мистер Уотсон. – Она же вылитая принцесса!

– Пожалуйста, сходи в магазин! – попросила миссис Уотсон. – Раздобудь для неё корону! А я пока сошью платьице.

– Уже бегу! – И мистер Уотсон шагнул за порог.

– Милочка! – сказала свинке миссис Уотсон. – Ты у меня будешь настоящая красавица! Краше всех на свете!

Глава 3

Миссис Уотсон измерила Милу от пятачка до хвостика.

От одного бока до другого.

И так и сяк.

И этак...

– Господи! – испугалась миссис Уотсон. – А вдруг у меня не хватит ткани?

Когда Мила проснулась, рядом стояла сияющая миссис Уотсон.

– Дорогая, – сказала она. – Твоё платьице готово.

– Хрю, – ответила Мила.

– Да, конечно, – подтвердила миссис Уотсон. – Оно и вправду потрясающее. Давай-ка примерим!

Миссис Уотсон всунула Милину правую ногу в рукав.

Мила ногу вынула.

Миссис Уотсон всунула Милину левую ногу в рукав.

Мила ногу вынула.

– Ну что ж такое! – разохалась миссис Уотсон. – Стой смирно, а то мы это платье никогда не наденем!

– Мои любимые! Мои хорошие! – раздался с порога голос мистера Уотсона. – Я уже дома. И я раздобыл корону!

– Хорошо, что ты пришёл! – обрадовалась миссис Уотсон. – Я никак не уговорю Милочку примерить новое платьице.

– А ты напомни ей про угощение, – посоветовал мистер Уотсон.

Глава 4

Мила навострила уши.

Как же она любит угощение!

А самое вкусное угощение – это тостики, такие горяченькие, щедро смазанные маслицем хлебцы.

– Моя дорогая! Моя золотая! – сказал мистер Уотсон. – Если ты наденешь это платье, все соседи угостят тебя чем-нибудь вкусненьким.

Мила прикрыла глаза.

Она представила целую гору тостиков.

– Хочешь получить угощение? Надевай платье! – велел мистер Уотсон.

Мила вздохнула.

И позволила Уотсонам просунуть сначала свою правую, а потом и левую ногу в рукава.

Она позволила миссис Уотсон застегнуть молнию.

Она позволила мистеру Уотсону водрузить себе на голову корону.

– Настоящая принцесса! – воскликнула миссис Уотсон.

– Поросячья царевна! – добавил мистер Уотсон.

У Милы заурчало в животе.

Ну?! Где угощение?

Глава 5

Вечером тридцать первого октября, когда наступил праздник Хэллоуин, в дверь дома, где жили сёстры Линкольн, кто-то позвонил.

– Сестрица! – крикнула Крошка Линкольн. – К нам пришли.

– Ну, разумеется, пришли, – проворчала Евгения. – На Хэллоуин вечно кто-то приходит, в дверь непрерывно звонят.

– Муррр-мяууу! – поддакнул кот по имени Генерал Вашингтон, последнее приобретение Евгении Линкольн.

– Угостите нашу Милу! – закричали с порога мистер и миссис Уотсон.

Угощенье выставляйте
Или на себя пеняйте!

– Хрю! – поддержала их Мила.

– Милочка сегодня принцесса! – похвасталась миссис Уотсон.

– И правда! – воскликнула Крошка. – Вылитая принцесса!

– Хрюшка в дешёвом балахоне, – проворчала Евгения.

– Ох, сестрица, ну ты и скажешь! – Крошка даже расстроилась.

– По-моему, свиньи не должны клянчить сладости на Хэллоуин! – заявила Евгения Линкольн. – А наряжаться в принцесс – тем более!

– Муррр-мяууу! – согласился Генерал Вашингтон.

– Ой, да зачем вы так? – запричитала Крошка Линкольн.

Но тут Евгения захлопнула дверь перед носом у гостей.

Глава 6

—Похоже, Евгения чем-то расстроена, – заметил мистер Уотсон.

– Верно, – отозвалась миссис Уотсон. – Только чем?

У Милы заурчало в животе.

Где же угощение? Где обещанные тостики?

– Смотри-ка, – сказал мистер Уотсон. – Кажется, Крошка подаёт нам сигналы.

– Хрю, – подтвердила Мила.

И припустила во всю прыть.

Она знала, где в доме сестёр Линкольн заднее крыльцо.

– Вперёд! – воскликнул мистер Уотсон. – За принцессой!

Глава 7

Крошка Линкольн приоткрыла кухонную дверь.

– Заходите, – сказала она. – Только тссссс! Боюсь, у сестрицы не совсем праздничное настроение. Но я не хочу отпускать вас без угощения.

Мистер Уотсон облизнулся.

– Сколько конфет! – воскликнула миссис Уотсон. – Ну, Милочка, что выберем?

— Крошка! — завопила Евгения Линкольн. — Где ваза с конфетами?

— Бегу, сестрица! Уже бегу! — крикнула в ответ Крошка. — Выбирайте скорее, — шепнула она Уотсонам.

Мила придирчиво рассматривала конфеты.

Ну и где тут, спрашивается, тостики?

Хотя погодите! Откуда-то пахнет маслом!

Маслице!

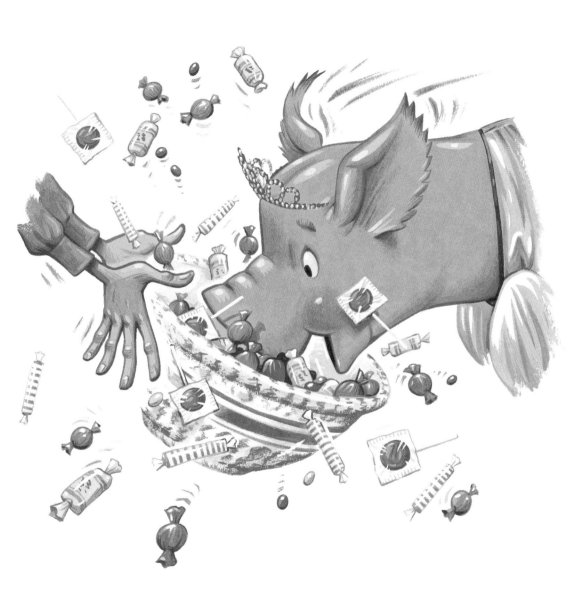

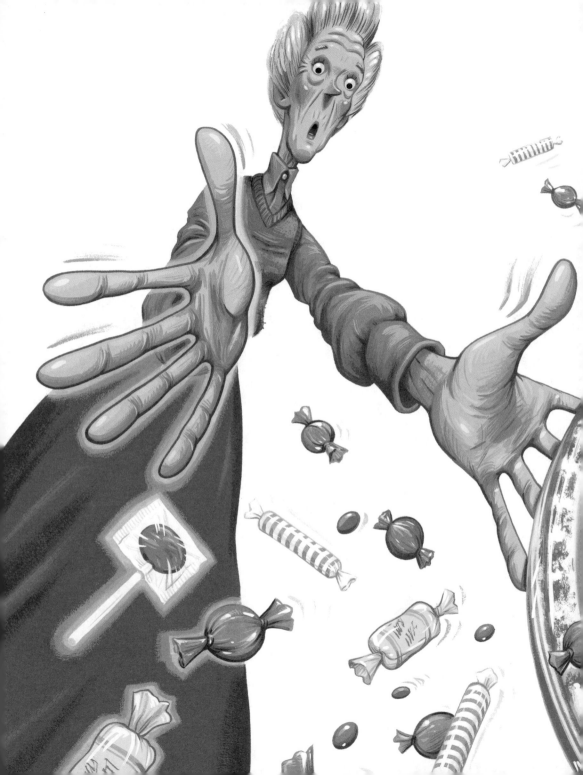

– Ох! Милочка!!!

Глава 8

—Хрю! – сказала Мила.

И принялась обнюхивать пол.

– Хрю!

На полу оказалась куча конфет.

Куда ни ткнись пятачком – везде конфеты.

Конфеты, конечно, не тостики, но, на худой конец...

– Хрю!

Мила сжевала
леденец.

Мила сжевала лимон-
ную дольку.

Мила сжевала
карамельку.

– Что тут происходит? – появившись в дверях кухни, завопила Евгения. – Почему на полу конфеты? И что делает у меня на кухне эта свинья?

– Она не свинья! – возмутился мистер Уотсон. – Она принцесса!

Мила сжевала масляный батончик.

Вкуснота! Маслицем пахнет!

Глава 9

—Вон из моей кухни! – заверещала Евгения Линкольн.

– Что ж, – вздохнул мистер Уотсон. – Пожалуй, нам и вправду пора.

– Да-да, – поддержала его миссис Уотсон. – А то нам ещё всех соседей надо обойти. Пойдём скорее, Милочка.

Мила тем временем дожёвывала ещё один масляный батончик.

Вкуснота!

Похоже, на полу ещё много таких батон-чиков.

— Мяуууууууууу! — возмутился Генерал Вашингтон.

И царапнул оборку Милиного платья.

— Хрю! — Мила решила, что с ней хотят поиграть.

Генерал Вашингтон попытался допрыгнуть до её короны.

– Хрю-хрю! – обрадовалась Мила.

– Кот! – воскликнул мистер Уотсон.

– Свинья! – заорала Евгения Линкольн.

– Господи! – запричитала Крошка Линкольн.

Кот выскочил из кухни.

Свинья устремилась следом.

Догонялки!

Мила обожает догонялки!

Глава 10

Генерал Вашингтон нёсся со всех лап.

Мила неслась за Генералом Вашингтоном.

Евгения бежала за Милой.

Крошка спешила за Евгенией.

Мистер Уотсон – за Крошкой.

Миссис Уотсон – за мистером Уотсоном.

– Муррр-мяуууууууууууу! – вопил Генерал Вашингтон.

– Хрю! – радовалась Мила.

– Свинья! – возмущалась Евгения.

– Сестрица! – причитала Крошка.

– Дорогая! – кричал мистер Уотсон.

– Лапушка моя! – повторяла миссис Уотсон.

Генерал Вашингтон пронёсся через гостиную и ринулся обратно на кухню.

Оттуда он выскочил прямиком на улицу.

Мила не отставала.

Платье сидело на ней в обтяжку, и бегать оно ничуть не мешало.

Давненько Миле не было так весело.

Глава 11

Франк и Стелла – братик и сестричка. Они живут в доме пятьдесят по улице Декаву.

– Посмотри! – воскликнула Стелла.

– Что это? – удивился Франк.

– Парад, – сообразила Стелла. – В честь праздника Хэллоуин.

– Давай отойдём, – предложил Франк. – Вдруг с ног собьют?

Но Стелла закричала:

– Подождите меня! Я тоже хочу на парад!

– Стелла! – звал сестру Франк. – Стеллаааааа!

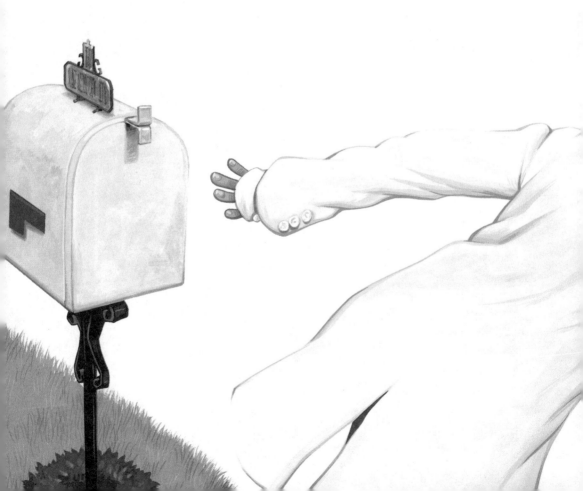

Глава 12

Задрав хвост, Генерал Вашингтон пронёсся по улице Декаву.

А в конце улицы – раз! – и одним махом оказался на раскидистом дубе.

Мила остановилась.

Евгения остановиться не успела.

Она налетела на Милу.

Крошка налетела на Евгению.

Мистер Уотсон налетел на Крошку.

Миссис Уотсон налетела на мистера Уотсона.

Стелла налетела на миссис Уотсон.

Франк налетел на Стеллу.

Мила поняла, что до Генерала Вашингтона не достать.

Она вздохнула и села на землю.

Погоня кончилась.

Мила очень устала.

Ей было жарко.

Корона давила на уши, а розовое платье резало под мышками.

Обидно, что свинки – пусть даже свинки-принцессы – не умеют лазать по деревьям.

Глава 13

—Жалко, что всё кончилось, – сказала Стелла.

– Хрю! – согласилась Мила.

– Ничего не кончилось! – завопила Евгения Линкольн. – Генерал Вашингтон! Немедленно спускайся! – потребовала она, высмотрев среди веток кота.

– Муррр-мяууу! – ответил Генерал Вашингтон.

– Это ещё что такое? – возмутилась Евгения. – Генерал Вашингтон! Не смей со мной пререкаться.

– Муррр-мяяяяяяяяу! – сказал Генерал Вашингтон.

– Кошки очень редко слушаются, – заметила Стелла.

– Глупости! – отрезала Евгения. – Генерал Вашингтон всегда выполняет мои команды.

– По-моему, он там застрял, – заметил Франк.

– Глу-пос-ти! – отрезала Евгения. – Генерал Вашингтон слишком умён. Он не может застрять на дереве.

Она снова позвала кота.

Она звала, звала, звала...

Но Генерал Вашингтон и не думал спускаться.

– Кажется, самое время вызвать спасателей, – предложил мистер Уотсон.

Глава 14

Hа станции у спасателей зазвонил телефон.

Нед снял трубку.

– Кто-кто? – не понял Нед.

– Генерал Вашингтон? – переспросил Нед.

– Застрял на дереве? – повторил Нед.

– Ясно. Сейчас будем, – ответил Нед.

– Странный вызов, – сказал он Лоренцо. – Похоже, какой-то генерал застрял
на дереве.

– Гммм... – Лоренцо призадумался. –
А где это дерево?

– На улице Декаву, – ответил Нед.

– На улице Декаву? Там, где живёт свинка! – сообразил Лоренцо.

– Вот как? Тогда поспешим! – воскликнул Нед.

Глава 15

П рибыв на улицу Декаву, Нед с Лоренцо увидели большой старый дуб.

Под дубом сидела свинья в розовом платьице и с короной на голове.

– Так я и подозревал, – сказал Лоренцо. – Тут не обошлось без нашей знакомой свинки.

– Точно, – кивнул Нед. – Но генерал-то где?

– Слава богу, вы приехали! – воскликнула Крошка Линкольн.

– Почему так долго? – проворчала Евгения.

– Это, что ли, ваш генерал? – спросил Нед.

Он наконец разглядел на дереве серого кота.

– Ну конечно, – ответила Евгения Линкольн.

– Муррр-мяяяяяяяяуууууууу! – подтвердил Генерал Вашингтон.

Лоренцо достал из кузова лестницу.

Прислонил её к дубу.

И полез.

Забравшись повыше, он протянул руку и схватил Генерала Вашингтона.

Затем спустился на землю и передал кота в руки Евгении Линкольн.

– Урааа! – дружно грянули все.

– Наши спасатели не подведут! – сказал мистер Уотсон. – Не зря я в них верю.

– Давайте это отметим! – воскликнула миссис Уотсон. – Пойдёмте все к нам в гости!

Мила навострила уши.

Её опыт подсказывал, что, когда приходят гости, их непременно угощают.

Тостиками.

Глава 16

И все пошли к Уотсонам.

Гости расселись на кухне, за большим столом.

– Ты когда-нибудь пробовала здешние тостики? – спросил Лоренцо у Стеллы.

– Нет, – ответила девочка.

– Считай, тебе повезло! – воскликнул Нед. – Здешние тостики – просто объеденье!

– Нельзя брать еду у незнакомых людей, – заявил Франк. – Это опасно.

– Какие же мы незнакомые? – улыбнулась миссис Уотсон. – Мы ваши соседи.

– Фррррр! – сказал Генерал Вашингтон.

– Подумаешь, соседи! – фыркнула Евгения Линкольн.

– Сестрица! – Крошка очень смутилась. – Возьми-ка съешь конфетку.

– Моя дорогая! Моя милая! Моя принцессочка! – восклицал мистер Уотсон. – Ты рада, что надела розовое платьице?

Мила подняла пятачок. Принюхалась.

Пахнет жареными хлебцами! И горячим маслицем!

Только платье ужасно тесное.

Но ради тостиков можно и потерпеть.

– Хрю! – сказала Мила.

– Счастливого праздника, моя хорошая! – Мистер Уотсон улыбнулся. – Всем счастливого праздника!

Литературно-художественное издание

Для дошкольного и младшего школьного возраста

Кейт ДиКамилло

Свинка Мила –
настоящая принцесса

Ответственный редактор *Н. Н. Родионова*
Художественный редактор *Е. Р. Соколов*
Технический редактор *Т. Ю. Андреева*
Корректоры *Т. С. Дмитриева, Т. И. Филиппова*
Компьютерная верстка *О. В. Краюшкина*

Подписано в печать 20.05.2010.
Формат 70×90 $^1/_{16}$. Бумага офсетная.
Гарнитура «NewBaskerville». Печать офсетная. Усл. печ. л. 10,53.
Тираж 10 000 экз. D-DL-2358-01-R. Заказ № 1504.

ООО «Издательская Группа Аттикус» —
обладатель товарного знака Machaon
119991, Москва, 5-й Донской проезд, д. 15, стр. 4
Тел. (495) 933-7600, факс (495) 933-7620
E-mail: sales@atticus-group.ru
Наш адрес в Интернете: www.atticus-group.ru

ОПТОВАЯ И МЕЛКООПТОВАЯ ТОРГОВЛЯ

В Москве:
Книжная ярмарка в СК «Олимпийский»
129090, Москва, Олимпийский проспект, д. 16,
станция метро «Проспект Мира»
Тел. (495) 937-7858

В Санкт-Петербурге «Аттикус-СПб»:
198096, Санкт-Петербург, Кронштадтская ул., д. 11, 4-й этаж, офис 19
Тел./факс (812) 325-0314, (812) 325-0315

В Киеве «Махаон-Украина»:
04073, Киев, Московский проспект, д. 6, 2-й этаж
Тел. (044) 490-9901
E-mail: sale@machaon.kiev.ua

Отпечатано в соответствии с предоставленными материалами
в ЗАО «ИПК Парето-Принт», г. Тверь
www.pareto-print.ru